홀로이

시작시인선 0513 홀로이

1판 1쇄 펴낸날 2024년 10월 25일
지은이 장인무
펴낸이 이재무
기획위원 김춘식, 유성호, 이형권, 임지연, 차성환, 홍용희
책임편집 박예솔
편집디자인 민성돈, 김지웅, 정영아
펴낸곳 (주)천년의시작
등록번호 제301-2012-033호
등록일자 2006년 1월 10일
주소 (03132) 서울시 종로구 삼일대로32길 36 운현신화타워 502호
전화 02-723-8668
팩스 02-723-8630
블로그 blog.naver.com/poemsijak
이메일 poemsijak@hanmail.net

ⓒ 장인무, 2024, printed in Seoul, Korea

ISBN 978-89-6021-785-0 04810
      978-89-6021-069-1 04810(세트)

값 11,000원

홀로이

장인무

천년의
시 작

시인의 말

시詩 터
풀꽃문학관 대숲 아래서
나태주 스승님께 시간을 받았습니다.
그 후
백두산 천지에서 윤동주의 묘墓 앞에서
톨스토이의 문간 앞에서 약속을 새기며

나를 뒤척일 때마다 은거한 깊은 책 숲 다락방
머리 숙여 쪼그리고 앉아 다독인 시간, 네 번째 설렘을
펼칩니다.

차 례

시인의 말

제1부 홀로

제2부 기척

제3부 몸의 말

제4부 방랑

제1부 홀로

구절초

긴긴 밤 홀로이
잔가지 흔들어 피운 하얀 그리움

여문 꽃술에 취한 듯 지새우는
오로지 하나의 사랑 눈물 되어 피었네

사운거리는 아스라한 바람꽃

어디쯤에서 너를 만날 수 있을까
어디쯤에서 하얀 꽃잎 접을까!

흰 구름 둥실 떠갈 때
들녘에 춤추는 저 영혼 어디로 갈까!

사르르 녹아 버린 못다 한 사랑
그대 앞에 스러진 저 가슴앓이

화답

제멋대로 자란
한 무리 풀숲에
한쪽으로 기운 촉 하나
이리 밀리고 저리 치이다가
간신히 제 몸 챙기어
햇살을 붙잡고 활짝 웃는 나리꽃

바동대지 않아도 오로지
뿌리의 힘으로
순수함으로
기다림만으로
자분자분 사위어 가는 것
너에게 별것 아닌 것이
나에게는 별것으로 닿은 것

연꽃 극치

아
피었구나!

어제는 밤에
오늘은 낮에

그대 속살에 핀 술렁임
어느 여인의 밀어일까!

황홀은
화르르 타오르는 것이라서
몸이 가는 데로 따라가는 것이라서

아
너도 그랬구나!

같다

물감을 섞는다고 해서
본연의 색이 없어지는 것은 아니다
단지 다르게 보일 뿐

우리 다른 것이 무엇이 있을까
눈 코 입 팔 다리
모양과 크기만 조금씩 다를 뿐

생각이 다르다고 해도
기쁨 앞에서 웃고
슬픔 앞에서는 눈물이 난다

이 우주에서 저 하늘 아래 지구라는 땅에서

이파리 없이 피는 꽃

빛을 잃은 달밤에
하늘을 휘어지게 잡고
활활 붉어질 수 있는
어둠 속에 홀로 울렁이는
너만이 할 수 있는

땅을 걷어차고
숨이 멎을 때까지
밖으로
한 줄기 수액 물고 나서는
벅찬 절규!

끝과 끝에서
바람이 닿는 곳에 고요를 품고
햇살이 머무는 곳에 향기를 뿜어내는
하얗게 부서지는 찬란한 비애悲哀
스며드는 것은 고독뿐인
그래서 절대
놓을 수 없는 간절한 소생甦生

이 얼마나 두렵고 외로운 곡예인가!

대숲의 연가

바람이 머무는 숲으로 왔지
바람이 하얗게 쌓이는 동안
대숲은 잎을 열어
흠뻑 숨을 들이마셨지
낭창낭창 흔들릴 때마다
마디마디 환한 바람 소리 요란했지

장엄과 최후 사이
천공과 허공 사이
바람과 숲 사이

너와 나 사이
내가 굽어 있는 동안
파란 입술에 다시 혈액이 도는 동안
여미는 바람에 귀 쫑긋하는 동안
눕혀 있던 심장 소리 헤아리는 동안
그동안 너는 사뿐사뿐 내 앞에 와 소곤거렸지

떨림과 고요 사이에서
팽창과 느슨함 사이에서

바람과 흔들림 사이에서

젖어 드는 푸릇한 향기
스며드는 따뜻한 온기
멀어지는 석양에 붉어지던 청청한 댓잎
바람이 스쳐 가는 자리마다 하얀 대꽃이 피었지
서로를 겹겹이 끌어안고 장엄한 협주곡이 울렸어
그때의 나
텅 빈 몸 아주 많이 흔들리고 있었지

나도 봄

벚꽃이 뽀얗게 피었네

야! 봄이다 했는데
무엇이 그리 바쁜지
쏜살같이 달아나려 하네

우리의 삶이 그러하듯

붙잡는다고
붙잡히는 것이 아니어서
취한 듯 물끄러미 바라만 보네

그렇다고
그냥 보내기는 정말 싫네

혀끝을 내밀어
꽃술에 침을 발라 보네
달달한 향기가 입술을 말아 올리네

오래된 갈증이 내려가는 듯

마른 입술이 발갛게 달아올라
나도 모르게 주저앉고 말았네

흔드네 봄이

다락방의 고요

느슨함이
빠름보다
앞서가는
서책의 연람

때로는
마침표가 없는 문장 옆에
공백의 여운이 애잔하여
나만의 마침표를 찍어 보고 싶은

대들보
마른나무가 숨을 쉬려는 듯
쩍 갈라지는 소리도 독백으로 들리는

하얀 크림 속에
감추어져 있는 부드럽고 따뜻한
비엔나커피가 입술에 닿을 때
허공에 기울이는 초침

회전문의 방정식

앞사람의 뒤통수를 보며
꼬리를 물고 줄 서기를 한다

여미었다 펴는 포물선에 눈동자들은
몽유 환승역에서 침묵의 주인이 된다

틈과 틈 사이 영혼을 감추고
누구의 처음과 누구의 마지막이 스친다

축을 중심으로 빙빙 도는 회전문 앞에
심장의 크기를 알 수 없는 이들의
발걸음이 직립보행으로 전환하면
바람은
바쁘게 빠져나가 앞서간 그림자를
따라나선다 뒤도 안 보고

낯선 민낯들이 순간을 밀어내고 당기며
하루 또 하루를 채우고 비우며 돌아가는데
나는 이방인처럼
열리지 않는 문 앞에 서서 발만 동동 구른다

주머니 사탕

깊은 주머니 속
언제 넣어 놓았을까!
껍데기가
달라붙어 떨어지지 않는
끈적끈적한 알사탕

아!
그날이었지
점심 먹고 산책할 때

짧은 호흡 들이마시며
오후에는 당이 필요하다며
스치듯
슬쩍 주머니에 넣어 준 그 손길
지는 해에 비친
그의 목덜미가 살짝 붉었지
풋풋한 밤꽃 향기가 났어

시작詩作

나는 가끔
노트를 펴고 펜을 들면
왜? 하고 질문을 한다
그 사이를 구름이 되어 떠다닌다

구어와 시어 사이
문장과 감성 사이
행간을 넘는 사이

별이
햇살 속으로 숨어들 때까지
물 한 모금 넘기지 않는
밤의 늪에서 팽팽한 긴장이 이어진다

적막을
고독을
흥건히 충혈된 눈 속에 펼쳐 놓으면
백지를 채운 문장은 파장되어 혈관을 타고 흐른다
그러고는
몸이 울기를 기다린다
시詩가 되기까지

자전거와 수박
—나태주 시인

지난해 여름 몇 날 며칠 하늘이 구멍이 난 듯 세찬 장맛비가 내렸다 흙탕물이 비단 강을 집어삼켰다 안방이 강물로 넘실거리고 차도와 인도에는 통통배를 띄웠다 급기야 전국은 여기저기 물바다로 변해 아우성 그 자체였고, 금강대교는 통제되었다 사람들은 모든 것을 포기하고 높은 곳을 찾아 피신하며 발만 동동 구를 뿐이었다 전쟁 같은 공포의 도가니였다

그런 와중에
스승은 금강 가 오두막집 제자가 걱정되어 바지 자락 걷어 올리고 무릎까지 차오르는 위험한 길을 나섰다 그러나 차단된 길은 더 이상 나아갈 수가 없었다 다음 날 빗줄기가 조금 약해지자 자전거 페달을 밟아 빗속을 달려오셨다 자전거에서 당신 몸체만 한 수박을 내리시며 괜찮은가? …… 목소리에 아직 쾌차하지 못한 병환의 흔적이 역력했다 그즈음 선생님은 지독한 피로감과 병환으로 몸을 제대로 가누지 못하셨다 자리에 앉지도 않고 자전거를 유턴하여 가시는 모습을 보며 한참을 형용할 수 없는 감정에 복받쳐 목석처럼 서 있었다 굳이 말하지 않아도 전달되는 꽉 찬 붉은 수박 속 단단한 씨앗, 스승의 사랑을 어찌 잊을 수 있겠는가!

>

자전거는 나태주 스승님의 트레이드마크이다 자전거 작은 짐 바구니에 풀꽃 시 가득 싣고 공주 시내 곳곳에 흩뿌리신다

나 좀

태 워

주세요

웃으시며 농담처럼 하시는 말씀이시다 평생을 자동차 없이 자전거와 함께 생활하시는 모습을 먼발치에서 자주 뵌다 그때마다 몰래 사진을 찍기도 한다

때로는 만나면 안녕! 미소로 답하시며 아이스크림도 사 주시는 미소년 같은 분, 더불어 용기와 희망 챙겨 주시는 분, 오늘도 자전거 바퀴가 지나갈 때마다 詩앗 하나씩 떨어져 詩 꽃을 피우는 나태주풀꽃문학관 그 아래 그 동네에는 햇살도 댕글댕글 구른다

새끼발가락

생긴 것이 생기다 만 것 같다

다섯 개의 발가락 중
가장 작은 몸으로
가장 끝에서
가장 큰 힘을 지탱하며
온몸의 중심을 잡아 준다

내가 태어나기 전 하늘로 간
얼굴도 모르는 언니 그 아래 언니가 여럿
밥 푸다 보면 잊어 버렸다는
나는 새끼발가락처럼 맨 끝으로 태어났다

늘 바라만 보고 살았다
늘 보고 익히며 배웠다
늘 말없이 따라다녔다
게다가
작았다 못생겼다
그래서인지
새끼발가락만 보면 나 같다

못생긴 발가락을 닦으면서 한마디 한다

네가 있어 내가 있는 거야!

악의 꽃

뱀의 살갗에 연둣빛이 돌면

꽃이 핀다

실오라기 하나 걸치지 않고
발가벗고 싶을 때가 있다
뜨거운 물에 몸을 담그고
한 겹의 살갗을 천천히
벗겨 내고 싶을 때가 있다

당신이 그리울 때

죽음 같은 단잠을 자고 나면
샤를 보들레르*의 꿈도 헛것이 되어 버리는 이 공허함
피고 지는 것은 꽃뿐만이 아니어서
돌아보고
다시 보고
헌데도 자꾸만 피어나는 엉뚱한 망상
신이시여!
나에게 접어 둔 하루가 있다면

시시때때로 사랑의 마술에 걸리는 이 몸을
온전히 버릴 수 있게 해 주시옵소서!

* 샤를 피에르 보들레르Charles Pierre Baudelaire : 프랑스 시인, 비평가.

섬초롱꽃

수직으로 올랐다가
직각으로 투영하는
지구를 온몸에 끌어안고
땅을 향해 뿜어내는
거룩한 의식

할 수 있다면

거꾸로 매달려
가슴속에 꽉 찬
핏빛 멍울 토해 내어
너처럼
지구를 안아 보고 싶다

물구나무서서 발심 키워야겠다

제2부 기척

미안합니다

가진 것도 없이
예쁘고 잘나지도 못했으면서
제대로 잘하는 것도 하나 없이
남들이 말하는 학벌도 없는 것이
게다가 돈도 없는 것이
시詩와 단짝이 되어서
철 따라 떠돌아다니며 구구절절
낡은 노트에 시시한 문장이나 끼적거리며
꿈은 먼 나라 동화 속에 가득 옮겨 놓고
소망은 어린 날의 보물인 양
풀어질라
뜬구름 보자기에 꽁꽁 묶어 놓고서는
밥 한술
찬물에 띄워 먹으며
그래도 살아 보는 거야!
참으로 한심한 대책 없는 사람이라서
詩 시 하는 시시한 이라서,

추수

가을 들녘만큼
우편함에 쌓인 여문 시집
장인무 시인에게
간절함을 실은
쓴 이보다 받는 이가 더 큰 활자
단풍잎 닮은 천연 색색의 시어

어르고 달래고
깨질라 부서질라 행여
습하지 않을까 건조하진 않을까
보듬고 다독이며 거둔
알알이 맺은 언어 알맹이

한낮의 실구름

고양이 잔등 같은 실구름

내게 전생이 있었다면
저보다 더 가늘고 하늘거렸을
그리하여
지구 이쪽에서 저쪽으로
샅샅이 몰고 다니며 한 가닥씩 흩뿌렸을

나의 후생이 다시 온다면
저보다 더 하얗고 낮게 떠서
그리하여
지상의 모서리에 레드 카펫을 깔고
너의 싸늘한 가슴을 온전히 안아 주었을

풀잎과 이슬

장다리꽃 사이사이
새초롬히 고개 들어
서로 밀치고 당기며
당당하게 솟았네요

새벽이슬 햇살 불러와
풀잎에 앉혀 놓고
밤사이
무슨 할 말이 그리 많아
턱 고이고
초롱초롱 입맞춤할까요
무엇이
저리 궁금하여
귀 쫑긋 세우고 귀 맞춤 할까요?

한 뼘

하얀 빗금 그으며
한 뼘 높아진 파란 하늘

푸른 숲에 흠뻑 물든
한 뼘 깊어진 호수

애벌레 꿈틀거리는
한 뼘 넓어진 꽃밭

어느 순간
한 뼘 가까이 다가왔던 사람
어느 사이
한 뼘 멀어져 간 그 사랑

가을아!
남길 것은 남기고
버릴 것은 버리고
거두어들일 것은 거두고
맺을 것은 탐스럽게 익게 두어야겠지

혹여, 그 한 뼘 남은 사랑을 위하여

꽃과 같이

너를
너무 사랑해서
해가 되고 구름이 되고
비가 되어 네 옆에 앉았지
하루 종일 별이 되고 달이 되어
밤을 밝히는 꽃등으로 살고 있지

당신을
너무 사랑해서
하얀 광목 치마에 붉은
선혈로 한 아름 피었지
결코 화려하지 않으나
향기만이 가득한 백합처럼 살자 했지

너와 나의 정원에
늘 꽃과 나무를 심었지
봄에는 매화 목단화 목련
여름에는 백일홍 초롱꽃 백합
가을에는 구절초 국화 장미
겨울에는 늘 푸른 측백나무 동백을

기척

빗살문 사이로 먼동이 밝아 오면
부스스 새벽잠 깨어 마당을 딛습니다

햇살이 찾아온 작은 꽃밭이 팝콘을 튀겨 놓은 듯
할 말도 많은 듯 꽃망울 팡팡 터졌습니다

낱낱이 기억하지 못한 이름들이
새록새록 꽃잎에 기록됩니다

목단화 피었다고
대추나무에 새순이 돋았다고 이르는 아침

멀고도 가까운 그의 소식이 궁금합니다

능소화

담장 안
화려한 주홍빛 꽃등 누구의 사랑일까

보는 이 가슴 타는

담장 밖
기웃거리는 뜨거운 손 그 사내 알고 있을까

저문 해
끌어안고 어찌하나 그 마음을,

봄아

산매화 피었다고 일러야
바람이

진달래가 피었다고 일러야
먼 산이

할미꽃도 피었다고 일러야
햇살이

개나리가 피었다고 일러야
등굣길 꼬마

나도야 봄이고 싶어야

홀딱 벗고
너랑 섞어 보고 싶어야
나랑 봄바람 났다고 이르고 싶어야

꽃 2

멀리서 보면
가까이 가 보고 싶다

향기를 맡으면
오래도록 옆에 있고 싶다

네 앞에 있으면
나는 사랑하고 싶다

지구를 다 끌어안은 듯이

잃어버린 시詩

흰 바람 되어
산등성이에 올라
둥실 떠 있는 뭉게구름 사이
그 너머에 쪽빛 걷어 낸
아스라이 비치는 상현달

실종된 언어들이
실록을 끌어안고
들꽃 사이 두 눈에 가득
차오르는 한 줄기 소나기 눈물
가만히 추슬러 보는 하늘바라기

버리거나 비우거나

꽃은 꽃잎을
버려야 열매를 맺을 수 있고
새는 둥지를
버려야 하늘을 날 수 있다
강물은
스스로를 버려야 바다로 갈 수 있듯

산속에 있으면
산이 보이지 않는다
멀리서 보아야
산이 산다움을 알 수 있듯

사향노루가
사랑을 위하여 향낭을 비우듯
나를 비워야
비로소 너와 함께할 수 있다는 거

흔들흔들

들에 핀 야생화는 흔들리며 산다

햇살이 흔들고
바람이 흔들고
달빛이 흔들고

마카롱처럼 달콤했던
사이다처럼 청량했다 믿었던
그 사랑

내가 사랑한 것과
네가 사랑한 것은
어쩌면 스쳐 지나간 향기와 바람일 뿐

저건 분명 갈대다 아니, 억새다

그림자 술래

한낮에
하늘을 보네
해님과 마주쳤네

어디쯤
가다가 멈출까
뜬금없이 따라 나서네

정수리가 너무 뜨거워 발길을 멈추었네

숨어 버린 또 하나의 나
벌떡 일어나 지친 몸 찾아 나서네

서녘에서 동녘으로 누워 버린 그림자 위로
석양이 팔딱이는 내 심장 두드렸네

일어나라! 일어나라
접혀 있던 나를 찾아 나서네

안도

보고 싶은
마음 자락 붙잡고

오지 않는
너를 기다리다

기다리는 마음
그리움이 되었다

그리움이
걱정이 될 때쯤

달려오는 너의 미소

제3부 몸의 말

하얀 2

그
흔한
말

한 번쯤

해 줄 만했을 텐데

너만을 사랑했어

어울림

책 하나를 똑바로 세우려면 바로 서질 않는다
다른 책들의 양옆에 끼워 넣어야 그제야 바로 선다

책 속의 수많은 문장도 서로 경계를 넘어
어우러지고 기대어 스토리가 되었듯
슬픔은 기쁨에
절망은 희망에
잃음은 만남에
미움은 사랑에

그대의 옆자리를 보라
누군가 무엇인가 있을 것이다
미생물이든 미물이든
우리가 의도하지 않아도 어느새 서로 기대고 있다
혹여 부족할지라도
혹은 넘칠지라도 우리는

네가 있어 내가 존재하는 것이 아닐까!

지우다가 다시 쓴 말

아무리 애를 써도
닿을 수 없는 별이 있다

바람 앞에서도
흔들리지 않는 고목이 있듯이

빗장을 걷어 올리면
수많은 언어가 쏟아지는 세상

쓰다 지우다 한 말 중에
제자리로 돌아오는 말이 있다

아무리 지우려 해도
지워지지 않는 말이 있다

나만이 아는 그 말

서로가

벽이 없는 곳에는
문이 없다

문이 없는 곳에는
벽도 없다

길이 시작하는 곳에는
끝이 있다

길이 끝나는 곳에는
시작이 있다

바람도 구름도 햇살도 달도 별도

날아가면 붙잡아 주고
캄캄하면 밝혀 주고 너무 뜨거울 땐 식혀 주기로

우리의 사랑도

그 한마디

힘들지
한마디에
왈칵 눈물이 났다

괜찮니
한마디에
울컥 가슴이 저려 왔다

아프지 말고
한마디에
온몸에 힘이 솟았다

쉬어 가며 해 잘될 거야!
한마디에
불끈 희망이 솟구쳤다

인연

넓은 지상에서
그 많은 시간 안에
너와 내가
순간이나마
마주 보았다는 것

우주의 한 모퉁이에서
사랑이라는 언어로
너와 내가
찰나나마
아름다운 영혼을 나누었다는 것

세상에 태어나
수많은 사람들 중에
너와 내가
잠시나마
같은 길을 걸어갔다는 것

바로 너였다는 것

너에게 가기까지

파도는 밤을 새웠지
불어오는 서풍에 철썩이는 물살을 달랬지

헐거운 바지 자락을 잡아 올리며
시간을 둘둘 말아
물 위로 툭툭 떠밀어 넣었지

기다림이란
절대 자유에서 오는 것
주저하지 않는 능숙한 발걸음으로
순한 짐승이 되어 시퍼런 파도를 넘어
너에게 가까이 가기까지 바람은 내 손을 잡아 주었지

홀로그램

창가에 아침 햇살

꽃도 피었고 바람도 불어오니
향기마저 붉다 더욱이
내 옆에 진한 드립커피 한 잔

문턱에
어젯밤 읽다 걸쳐 놓은
「살아남은 자의 슬픔」 베르톨트 브레히트*의 '강한 자는
살아남는다'
그러고 보니 나 또한
강한 자 아니던가!
어제의 문턱을 넘어 오늘로 오기 위해
나도 모르는 사이 발밑에 수많은 것들을 얼마나 밟았을까
내 안에 자생하는 그 무엇이, 그 무엇을

* 베르톨트 브레히트(1898~1956): 독일 시인, 극작가.

몸의 말

책장을 넘기다가
날카로운 책갈피에 손가락을 베었다
순간 입속에 넣고 힘껏 빨았다
찌릿한 전율이다

몸이 가슴보다
먼저 움직일 때가 있다
죽어 썩을 몸
피에서 달콤한 비린내가 났다

때로는
느리고 차가운 몸이
생각보다 더 뜨겁게
빠르게 행동할 때가 있다
위기 앞에서
또는 사랑 앞에서

일몰

아! 저것은 유혹!
지상의 가장 아름다운 뜨거운 빛
붉다 못해 터졌다

저 바다에 풍덩 빠져 볼거나
노을 짊어지고 누워 볼거나
그대 안에 흠뻑 젖어 볼거나

우리는 저마다의 가슴에
폭탄 하나씩 품고 산다
언제 터질지 모르는 폭탄 같은 사랑의 뿌리를
가장 깊은 곳에 박아 놓고 산다
그것은 쉽게 내뿜을 수 없는 보물처럼
언제든 사용할 수 있는 무기처럼
아수라 백작*의 두 얼굴을 가지고 산다

뜨는 해에 뜨겁고 환하게 피었다가
지는 해에 천천히 황홀하게 불타오르다 질 수 있다면,

---

* 아수라 백작: 만화 영화《마징가 Z》에 등장하는 두 얼굴을 가진 캐
  릭터.

별것 별것 아닌 것

그들은 말한다 별게 아닌 것이 별것인 척한다고
그들은 말한다 별게 아닌 것이 별것으로 산다고

별게 아닌 듯
잎사귀만 무성하던 잡초도 꽃을 피워 별것이 된다
천천히 깊이 들여다보면
다른 꽃에서 볼 수 없는 오묘함과 향기 모양 색감을 지
니고 있다
같은 종류의 꽃이라도
자연의 변화에 따라 성장과 모양이 다르다

사람도 그렇다
의식과 노력의 성과에 따라 차이가 있다

별것인 그들에게
당신은 별것입니까
그대의 별것은 어떤 기준입니까?

파도는

더 이상
젖을 수 없는데
바다가
비에 흠뻑 젖어 운다
서럽게 운다

더 이상
나설 수 없는데
파도는
철썩철썩
물살을 가르며 오라 오라 한다

더 이상
주저할 수 없는데
바람은
등 떠밀어
이제 그만 가라 가라 한다

그날도 이랬다
차가운 비가 온몸을 흠뻑 적셨다

갑자기 출렁이는 파도가 일었다
거부할 수 없는 해일이었다

파도는
하얀 물살을 번쩍 들어 올렸다가
저 멀리 휘 이 휙 높이 던졌다
멀어지는 순간
그것은 걷잡을 수 없는 사고였음을

그렇게 너를 보내고
이렇게 나는 남아서
비 오는 날이면 나는 바다로 간다

소나무 숲에서

한곳을 보되
서로 보는 방향이 다르다
어깨를 나란히 하되
서로 방해하지 않는다
오로지
빛을 향해서
하늘을 향해서
곧게
굵게
무언無言의 시선만으로
천 년을 꿈꾸며 산다

그 사이로
바람이 지나 가고
새들이 둥지를 틀고
구름도 쓰러져 울다 가고
나는 걷는다

머리 위에
새똥이 떨어지는 싱그러움과

발밑에 밟히는
가닥가닥 바늘잎의 향기는
고독으로 돌돌 말아
나를 삼킨다

어젯밤 꼬박 샌 밤은
휘어진 솔가지 사이로 멀어지고
통째로 가출했던 햇살이
다가와 더 멀고 높은 곳으로
나의 심장을 당긴다

빗방울의 무게

한여름
소낙비에 고개를 떨어트린 백일홍
무게를 견디지 못하고 쓰러져 있다

날이 개면
햇살의 당기는 힘에
그냥 두어도 스스로 일어설 텐데
꽃잎에
생채기 생길까 싶어
지지대를 새워 묶어 주었다

댕글댕글
주홍빛에 빗방울
꽃잎에 매달려 놓아주질 않는다

우리 아이
뒤뚱뒤뚱 막 걸음마 할 때
치맛자락 움켜잡고 넘어질까
아슬하던 그때
나는 아이보다 더 많이 소리 없이 울었다

지나고 보니
엄마로서 마음의 무게 때문이었다
그러한데
하물며
저 여린 꽃잎은
갑자기 쏟아진 소낙비에 얼마나 당황했을까!

알레고리Allegory

까마득한 날에
지워지지 않는 당신의 서툰 고백이
꽁지를 바싹 웅크리고
나의 시간에 빗금을 칩니다

오래된 캔버스에
뼈대만 남은 숨어 있던 꽃잎이
튀어나와 허공을 삼킵니다
한때
본능으로 탐닉한 잎 술의 열정은
녹아 버린 지 오래입니다
백지에 깨알 같은 사랑이라는 문자도
누렇게 변해 가고 있습니다

까마득한 날을
슬쩍 등 떠밀어 액자 속에 앉혀 봅니다
연출된 극본에 주인공은 애초에 없었습니다
그저 달콤한 엔딩만 남았습니다

다행입니다

제4부 방랑

나만의 블루스
―색소폰 연주

너의 차디찬 몸에
나의 따뜻한 온기를 불어넣어
팔딱팔딱 뛰는 심장 한 덩이와
발끝에 차오르는 스릴 넘치는 리듬 담아
모두 내어 주리

너의 차디찬 입술에
장미를 베어 문 향기를 불어넣어
지배하지 않은 몸짓으로
아침이슬처럼 영롱한 영혼을
아주 깊숙이 넣어 주리

너의 차디찬 가슴에
사무친 그리움의 소용돌이 불어넣어 주리
이루지 못한 사랑을 위하여
사시나무 은 잎의 시린 떨림은 바람이었음을
고독이 붐비는 날, 그 밤에

센강*의 비둘기

너 떠나고
적막에 소스라쳐 벌떡 일어나
센강으로 갔다 도착했을 때
내 발자국에 놀라 허공을 긋고
날아가는 비둘기를 보았다

늘
멀지도 가깝지도 않은 거리에서 손길 닿을 듯 말 듯
딱
그만큼의 선상에서 물수제비 뜬 수면을 유희하던 너!

이국의 낯선 센 강가
낡은 의자에 남기고 온 그 풍경 속 그 사랑

* 센강Seine River: 프랑스 북서부를 흐르는 강. 파리의 상징.

아, 실크로드*

얽매이고 머뭇거렸던 시간

삐걱거리던 심장 끌고 와

쓸갯빛 멍 토해 낸다

하늘과 태양 모래가 전부이듯

한 점 바람 없이도

출렁이는 저 모래섬처럼

고요한 흥분만으로

그대 사랑하며 살 수 있다면

* 실크로드SilkRoad: 내륙 아시아를 횡단하여 중국과 서아시아·지중
해 연안 지방을 연결하였던 고대의 무역로. 고대 중국의 특산물인 명
주를 서방의 여러 나라에 가져간 데서 온 말이다.

동쪽 바다에는
—이시카와 다쿠보쿠*

하얀 눈이 내린 날

동쪽바다 끝에 바람이 찾아왔다
한 줌의 모래가
한 줌의 구름이
한 줌의 햇살이

못다 한 사랑과
못다 한 젊음과
못다 한 이야기를
알알이 돌돌 말아 파도에 흩뿌렸다

파도가 지나간 자리에는 모래 그림자 서성이고
해 지는 바다는
차오르다 야위어 가듯 쉼 없는 몸짓으로
그의 가슴에 찢어지는 아픔과 피를 토하는
가쁜 숨소리로 고스란히 출렁였다

그것은 가을바람보다 더 쓸쓸한 고독이었다

* 이시카와 다쿠보쿠(石川啄木, 1886~1912): 일본 시인. 26살에 폐결
  핵으로 요절.

태양의 몫

모래 위에 바람의 무늬가 누워 있다
속눈썹이 긴 쌍봉낙타가 지나간 발자국마다
시퍼런 멍이 들었다
태양에 그을린 청년의 눈빛에는
절대로 깨지지 않을 침묵처럼
숨어 우는 이슬 같은 눈물이 고여 있었다

모래를 읽어 내는 일은 태양의 몫이었다
바람을 밀어내는 일도 태양의 몫이었고
사람을 지배하는 것도 태양의 몫이었다

떠메듯이
사막에서 돌아온 날
그 눈빛을 놓아주지 못해
바스락거리던 몸은 지독한 몸살을 앓았다

이브의 그 밤

도심의 거리에는 현란한 네온사인 출렁이고
유리 잔등 같은 빙판길을 녹이는
뜨거운 젊은 연인들의 경쾌한 발걸음
투명 윈도우 조명 아래
그리스 비너스 조각상 같은
속살을 드러낸 우윳빛의 소녀들
지켜보는 사내의 심장에 쿵쿵 대못을 박는 소리
찬 길 위에 누워 버린 까만 눈동자 저 사내들
하현달 기우는 이브의 밤

정열의 다이빙

방비엥 블루라군* 공포의 지상 5미터

눈을 꼭 감고
사시나무 떨듯이 난간을 붙잡고
잠시 죽음에 대해 생각했지

높이 오를수록
떨어지는 충격은 큰 것
산다는 것은 때로
도전과 용기가 필요해
공중으로 나를 던졌지
물속으로 깊숙이 아주 깊숙이

눈을 뜨니
용궁에 거북이는 없었어
다만
실크로드의 붉은 사막을 보았지
물속에서도 촘촘히 붉게 빛나는
보석 같은 작은 모래알들
아! 이 희열

고난을 겪고 돌아온 자만이 알 수 있는

자유 평화 기쁨!

파타야* 연인들
—워킹스트리트walking street

밤마다 사랑하고
날마다 이별을 한다

해변의 모래알처럼
쌓았다가 부서지고

파도에 밀려왔다가
파도에 쓸려 갔다가

한낮의 태양보다
더 뜨겁게 밤을 밝힌다

커다란 눈망울 선한 미소 긴 머리 소녀가
현란한 네온사인과 음악에 묻혀 아름다운 영혼을 던진다

재즈 바 높은 의자에 청춘을 잊은 노년의 눈빛은
갓 피어난 어린 양귀비의 꽃잎에 생의 마지막 키스를 한다
바다가 하늘을 보고 있을 때
소녀의 귓볼에 매달린 어둠을 빠져나온 잿빛 흑진주 같은

파타야 그녀들! 지느러미를 편다

* 파타야Pattaya: 태국(방콕)을 대표하는 해변 휴양도시. 워킹스트리트walking street는 저녁 7시부터 다음 날 새벽 3시까지 차량 통행이 없는 유흥가이다. 세계인, 특히 유럽의 퇴직자, 솔로, 유지들이 휴식과 유흥으로 노년을 즐기는 유명한 해변.

무릎을 꿇습니다

살면서
무릎을 꿇어 본 적 있나요
자신을 오롯이 내려놓아 본 적 있나요

무릎을 꿇습니다
무릎을 꿇는 것은 굴복이 아닙니다

당신을 존경합니다 입니다
그대를 사랑합니다 입니다

무릎을 꿇는 것은
모든 욕망으로부터
나를 내려놓는 것입니다

무릎을 꿇고 하늘을 봅니다

하얀 날개를 펼친 작은 천사가 있습니다

그대도 애초에 천사였습니다

땅끝 성당에서

해변을 돌아
노란 신호등이 있는 어린이 터를 지나
푸른 나무 깃발이 나풀거리는 초등학교를 지나
휠체어가 있는 골목길 마을 노인정을 지나
코스모스 하늘거리는 한길을 지나

사람이 사람을 버리며 살아가는 슬픈 세상

여기
같은 곳에 앉아
같은 곳을 바라보는 순례자가 있다
여기
두 손 모아 참회하는 사람들이 있다
여기
십자가에 기도하는 목회자가 있다
조용히 미소 짓는 작은 천사들이 있다

네 안에 평화와 사랑이 가득하여라!

비 오는 날의 벽화

주인을 잊은 낡은 유모차가
시멘트 벽에 접힌 채 기대어 있다
비에 흠뻑 젖은 푸른 안장이
더욱 푸른빛이다
마당 모퉁이 텃밭에
허리까지 웃자란 상추꽃
그 아래
키 작은 채송화 활짝 웃는다

먼지가 수북이 쌓인 의자를 끌고 와
처마 끝에 놓고 주인인 양 앉아 본다
오래전에 왔다 갔을 제비 집이
대들보 모서리에 거미줄로 칭칭 감겨 있다
정승처럼 앉아 혼신을 다하여
부슬부슬 내리는 비에 한 자락 음을 뽑는다
담장에 붙어 핀 색색의 수국이 흔들흔들 리듬을 타는
바닷가 빈집, 한 장의 수채화다

홍가시나무

개망초 흐드러진 해변을 따라
안개비 자욱이 내리는 한길을 따라
달려온 곳 해남 땅끝 집

부슬부슬 내리는 비를 맞으며
발목까지 올라온 장화를 신고
촌장은 홍가시나무를 심는다

가지마다 붉은 혈관이 있어
온몸을 털어 내어 핏빛으로
꽃보다 잎을 피운다는 홍가시나무

내일이면 끝날지도 모르는 목숨
오늘 살아 있음으로
발밑에 흙도 퍼 옮길 수 있다는
혼잣말에 어리는 큰 숨 속에
펌프질하듯 그의 혈관에 흐르는
붉은 홍가시나무

77번 해변 도로

생의 낭떠러지에서
살아 돌아와 다시 찾은 이 길

이 길이 살아남은 자의 길이라면
슬픔도 기쁨도 같이하는 길

또 다른 길이 있다 해도
이 길을 선택했을 땅끝 77번 해변 길

금방 바다에 뛰어든 듯
파란 하늘과 맞닿은 수평선

바닷새가 저공비행을 하며 저녁 만찬을 즐기고
무인도가 꽃송이처럼 피어 물거품을 뱉어 내는 곳

하얗게 부서지는 파도는 어느새 바다를 품고
곤두박질하듯 섬으로 파고들어
쉼 없는 황금 출렁임으로 불사르고 있는 곳

미끄러지듯 살갗을 스쳐 가는 갯바람

내가 달리는 것이 아니라 바다가 달려오는 듯
가만히 서 있기만 해도 달려와 안아 주는 곳

사랑하는 이와 어제의 안부를 물으며
안일한 내 치부를 벗어 던지고
목청 높여 노래 부르며 달려 보고 싶은 이 길

쓸데없는 수다
—호박꽃 예찬

시골 냄새가 난다

여름 내내 가을까지 먹을 호박 덩굴 밑동에 푸짐하게 얹혀
준 거름 냄새다

어릴 적 여름방학이 되면 외할머니 댁에 갔다

대문 입구에 있는 변소는 일 년 곡물 농사의 보물 같은 거
름 창고였다

변소 벽 쪽에는 오줌통이 있었는데 대문을 들어설 때마다
코를 막았다

그렇게 모아 둔 인분은 아궁이의 재와 섞어 텃밭 입구에 쌓
아 놓았다가 여름 곡물 재배에 사용했다 지금이야 각종 식물
영양제와 퇴비들이 개발되었다고 하지만 변할 수 없는 거름의
배합 조건이 있던 모양이다

호박꽃도 꽃이냐고 왜 비웃었을까

자세히 보면

연노란 꽃잎을 열어 꽃술 끝에

미세한 솜털 꽃가루에서 발산하는

호박꽃만이 가지고 있는 특유의 호박꽃 향기

아는가? 벌들은 다른 꽃보다 호박꽃을 먼저 찾아온다는 사실

>

　동그랗게 썰어 밀가루 철썩 바른 호박전 뚝배기에 된장 한 술 넣고 애호박 듬성듬성 썰어 넣은 된장찌개 사각사각 썰어 새우젓 한 스푼 넣어 들기름에 순간 볶아 참깨 가루 송송 밀가루 반죽하여 멸치 육수에 호박은 잘게 썰어 넣은 여름밤 모깃불 피워 놓고 멍석에서 먹던 칼국수와 수제비 총총 채 썰어 살짝 볶은 고명 얹은 잔치국수 싹둑싹둑 썰어 팥 한 줌 넣고 팍팍 끓인 노란 호박죽 동네방네 퍼 주고 찌꺼기 만 남은 빈 솥단지에 누룽지의 그 맛은

　처마 끝 빨랫줄에 줄줄이 감아 말린 말랭이는 쌀가루에 섞어 버무린 보름날의 호박꽃 떡 그 맛을 어찌 잊을까

　그뿐이던가!

　밖으로 뻗어 나가는 순잎은 김 오른 밥 단지에 살짝 쪄서 막장 넣어 한 쌈 큰 입 벌려 먹던 그 쌉쌀한 향기는 코에 박 힌 외할머니 냄새다

제5부 여정

나의 십계명

사랑하자
감사하자
공부하자
여행하자
기도하자
부지런하자
기대하지 말자
미워하지 말자
주장하지 말자
후회하지 말자

나에게 주어진 고독 슬픔 기쁨 환희 모든 것은 하늘의 뜻이다
죽는 날까지 하늘을 우러러 당당하고 씩씩하게 사는 것이다

인사도 없이 가 버린

산 아래 귀퉁이

평생을 살자 하며 고운 진흙 치대어 벽을 쌓고 굵은 서까래 올려 지은 보금자리

어느 날부턴가 불청객이 찾아오기 시작 인색은 죄 같아 거절하지 못하고 받아 주다 보니 이제는 철철 행사가 되었다

마른 풀잎 모아 융단을 깔고

몇 날 며칠 사랑을 속닥이더니

제 부리보다 더 큰 애벌레를 물어 날랐다

눈치가 백 단이어서

쪽마루에 앉아 있으면

턱 가까이까지 와서 꼬리를 친다

나가 주세요!

주객이 전도되어 어이없음

현관문 드나들 때마다 조심조심

때아닌 시집살이 했는데

없다

하도 조용하여 사다리에 올라 보았더니 어느새

떠났다

어쩐지 새벽부터 유난히 분주하더니 외출하고 돌아온 사이 이소를 했다

찌르르 찌로 5마리 생명이 태어난 자리 청소를 하며

떠난다는 것 보낸다는 것은 아직 익숙하지 않은 익숙한 쓸쓸함,

뿐

쨍쨍한 날에
갑자기 먹빛 구름 달려와 한바탕 소낙비 쏟아붓네요

요란하게 왔다가
홀딱 뒤집어 놓고 뒤도 안 보고 소리 없이 가네요

누군가는 세상을 떠나고
누군가는 다시 태어나고

어제의 기쁨이
오늘의 슬픔이
내일의 희망이
저마다의 오늘이듯이

우리의 삶은 애초에 다 짜여진 시나리오 아니었을까요?

누구는

정오
3호선 지하철 경로석
깍지 낀 손가락이 밀착되어 바들바들 떨고 있다
맞은편에 앉아 딴청을 부리자니 내 가슴이 더 뛴다

만약
덤의 생이 주어진다면
저 사랑 한번 해 볼 수 있다면……
허나
몸뚱이는 이미 염증과 통증이 주인이 된 지 오래다
마른 씨방에 반쪽 남은 씨앗마저 안으로
자꾸만 말라 가고 있는데 바깥세상은 참 습하다

끝내

어쩐 일일까요?

그 화려했던 오색 빛 수국이

여름이 다 가도록 끝내 피지 않았어요

깻잎처럼

푸른 이파리만 무성하게 나풀거리네요

지난가을

태풍이 너무 흔들고 갔나요

겨울

하얀 눈이 너무 많이 내려 무거웠나요

봄이 너무 짧았나요

이 여름 햇살이 너무 뜨거웠나요!

이럴 줄 알았으면

하늘 가까이

얇은 천막을 칠걸 그랬어요

며칠째

향기 없는 푸른 잎 사이를 서성이는

검은 사향나비의 속내가 내 맘 같을까요!

갈증

'금식'
명품 라벨도 아닌데 이리도 빛이 날까

'관계자 외 출입 금지'
터치하지 않아도 체온을 감지한 센서가
큰 유리문을 통과시켰다

아른아른 천장이 돌았다
나는 깊은 겨울잠으로 빠져들고 있었다

뼛속까지 파고 들어간 쇠고리
진통은 한바탕 혼절로 소멸되고

철갑을 두른 팔목에
묶인 왼쪽 어깨가 천 근인 듯 무거웠다

바깥은 진눈깨비 찬바람에 뒹구는데
목이 마르다 자꾸만 목이 탄다

챙기지 못한 시간

젊어서는 너무 반짝여서 눈이 멀고
중년에는 먹고 사느라 눈이 멀고
늙어서는 제 몸 챙기느라 눈이 멀고

사랑도
부귀영화富貴榮華도
지지고 볶던 한숨도
이제는
형체 없이 허공을 배회한다

부정과 긍정의 사이에서
그
림
자
마저 희미해져 가고 있다

너무해

노인 요양병원 바로 앞
장례 예식장

맛집 찾아
먼 길 달려와 줄 섰는데
재료가 떨어져 끝났습니다

얼마 전까지
짝사랑하던 이에게 전화했는데
없는 번호입니다

이러면 안 되잖아!

별똥의 진실

별 헤는 여름밤
별똥을 식기 전에 먹으면 쫄깃쫄깃하단다!

멍석 위에 누워 쫄깃한 별똥을 기다리는데 귓전에 들려
오는 외할머니의 목소리는 왜 그리도 점점 멀어져 가던지

잔불이 남은 아궁이에서 구운 감자 냄새는 침샘을 자극
했고 뒷마당 모닥불은 아릿하도록 깊은 잠을 취하게 했다

눈을 뜨면
동녘의 해는 어느새 대추나무 사이로 은비늘처럼 반짝
거렸다

대청마루 처마 끝에 제비는
제 입보다 큰 잠자리를 물고 와 밥상 위에 날똥을 갈기며
새끼들을 챙겼다

어른이 되어서도
수없이 많은 밤에 별똥이 떨어지기를 기다렸지만 별은 똥
을 싸지 않았다

>

한 번도 그 쫄깃한 별똥을 먹어 보질 못했다 노릇노릇 구
운 감자를!

그리움의 원천

가끔씩 부르고 싶은 이름 있습니다
결코 나보다 어리거나 친한 사람도 아닙니다
왠지는 모르겠습니다

뜬금없이 생각나는 사람 있습니다
병원 입구 휠체어에 링거를 주렁주렁 달고
미소 짓던 어디서 본 듯한 사람입니다
처음 본 사람인데 말이지요

잊히지 않는 사람 있습니다
슬픔에 젖어 울 때 내 손을 잡아 주던 사람입니다
그 따뜻했던 체온을 아직도 느낍니다

시간이 지날수록 생생하게 떠오르는 얼굴 있습니다
아버지 엄마입니다
부모가 된 자식을 보고 있으면 더욱 그렇습니다
이제야 말입니다

눈빛만 보아도

동작이 언어다
눈빛만 아니 움직임만 보아도 안다
저 사람이 무엇을 하려는지
여보 오늘은 깔까 말까?
저녁밥 준비를 하는 나에게 큰 소리로 묻는다

남편은 깡마른 통마늘을 베란다에 널어놓고는
저녁때만 되면 깔까 말까다 그것도 큰 소리로 게다가
무뎌진 내 엉덩이를 한 번씩 툭 치고는 묘한 웃음까지

이제는 충전도 방전도 안 되는데
몸 구석구석 분리수거도 제대로 안 되는데
듬벙듬벙 두꺼비눈이 이때만 되면 반짝인다
아직도 솟구치는 장정이 되어

나는 이렇게 산다

꽃 필 때 같이 피고
꽃 질 때 같이 진다

바람 불면 같이 흔들리고
비 오면 비처럼 같이 운다

네가 웃으면 같이 웃고
네가 슬프면 나도 같이 슬프다

네가 즐겁게 노래 부르면
나는 덩실덩실 춤을 춘다

네가 사랑의 언어로 다가와 속삭이면
나는 날개를 펼쳐 뜨거운 몸짓으로 사랑을 한다

밥풀 닮은 아이

너와 나는 55년 차이

너와 단둘이
손잡고 비행기 타고
바다 건너 탐라국에 갔지

작년
네가 책가방 메고 학교에 가는 날
제주도 여행 가자는 약속을 했었지

너는
태어나 처음
비행기를 탔지
긴장과 설렘 흥분으로 들떠 즐거워하던 네 모습
어린 시절 김밥 들고 사이다 한 병 들고 가까운 동산으로
소풍 가던 나였지

하얀 쌀처럼 보송보송 알알이 다부진 밥풀 닮은 아이야!
이담에 만나면 우리 배낭 한가득 태극기를 넣어 너의 꿈
을 담아 세계로 가자!
씩씩하게 건강하게 자라라 대한민국의 미래 박건우야!

그 남자 그 여자 4

너의 어깨는 나의 오름
나는 저만치 돌아앉아
닿을 수 없는 하늘에
헐렁한 날개를 펼치는 철부지

음표의 길이만큼 퇴석층이 쌓인 딱딱한 굳은살이 박인
당신 손
생의 전부를 피아노 음을 튜닝tuning하듯 조율하는 피아
노 조율사 음의 명인!
지독한 파편이 날아와 흔들리며 휘청인 날에도 숨 고르며
다독여 빛의 속도로 묵묵히 가쁘게 달려온 시간

첫날밤 하늘의 별을 따다 준 지 오래
그래도 숭숭 뚫린 뼈마디에 섬광 같은 뜨거운 피가 흐르
고 있어 순간 곧추서는 영원한 요람 그 남자!
새털 같은 가슴으로 혼자 출렁이다 부서지는 난해한 오감
을 가진 아라베스크를 꿈꾸는 다중주 공작새 그 여자!
시간을 붙잡을 수 있다면 이쯤에서 꼭 잡고 놓아주고 싶
지 않은

>

너는 그쪽에서

나는 이쪽에서

바라보는 평화로운 여전한 지구 궁전에 2중창 하모니 악사!

아직 깊숙이 박혀 있는 사랑니가 흔들릴 때까지 서로 구두

코를 닦아 주며

평평한 이부자리에 누워 너의 잠든 등에 나의 기도를 포개

어 덮어 주는 것

오늘처럼

밤이 깊어 옵니다
오늘 하루도 무사히 잘 지냈습니다
가로등도 꺼지고 바람마저 잠이 들었습니다

자정을 알리는 초바늘이 찰칵 하는 순간
컴퓨터 커서가 마침표를 찍지 않은 동사 끝에서 빨간 줄
을 그으며 깜빡거립니다
마침표를 꼭 찍어야 하는 이유를 모르겠습니다 지금이 아
니어도 나중에 찍어도 되는데 말입니다 신경이 쓰여서 일단
마침표를 찍고 봅니다

눈 깜빡하는 사이 다음 날이 되었습니다
고요는 적막을 안고 적막은 쓸쓸함을 업고
쓸쓸함은 고독 속으로 깊숙이 빠져듭니다
이때가 되면 가끔 울고 싶어집니다
울기도 잘합니다 할 말도 많아집니다
수다를 떨고 싶어집니다
저장 공간을 꽉 채웠다가 삭제를 꾹 누릅니다
어린 시절 외할머니 몰래 다락방에 혼자 있을 때처럼
아무도 보지 않고 듣지 않고 참견하지 않고

흉보지도 않으니 편안해져서입니다

세상에 나만의 시간 공간이 가슴 시리도록 벅차고 감사
해서입니다

눈 깜빡하는 사이 시간은 나를

늙은 세상으로 던져 버렸습니다

아직 배워야 할 것도 많은데

할 일도 많은데

사랑도 더 해 봐야 하는데 말입니다

속절없이 버려진 대로 살 수는 없습니다

발밑에 귀를 기울이고

가슴에 손을 얹어 보고

소리 높여 노래도 불러 봅니다

아직 나는

발밑의 개미 울음소리도 들리고

심장도 팔팔하게 뛰고 있고

목소리도 처렁처렁 큽니다

밤하늘의 별도 헤아릴 수 있고

바람의 방향도 헤아릴 수 있고

그 무엇보다도 하늘 아래 그대를 사랑합니다

>
눈 깜빡하는 사이 한 잠자고 일어난 것처럼

저만치 먼 세상에 버려질지라도 오늘처럼만 살았으면 합니다

꽉 찬 붉은 수박 속 단단한 씨앗
―장인무의 시 세계

유성호(문학평론가, 한양대학교 국문과 교수)

1. 근원 지향성의 시선과 필치

장인무 시인의 이번 시집은 사물과 삶에 대한 실존적 시선의 결실이요 그 미학적 집성集成이라 할 만하다. 그녀의 시는 일사불란한 논리에 의해 구축되기보다는 내면에서 일렁이는 정서적 파동에 의해 그 특유의 질서를 얻어 간다. 이는 사물과 삶이 뿜어내는 일회성의 빛을 관찰하고 표현하려는 시인의 열망과 닿아 있는 것이다. 이때 시인은 어김없이 찾아오는 외로움과 그리움을 넘어 새로운 존재 생성의 차원으로 도약하는 언어의 사제司祭로 등극한다. 자기 확인이라는 서정시의 일차적 욕망을 넘어 궁극적 언어를 완성하려는 보다 큰 뜻을 가진 존재로 거듭나고 있는 것이다. 이처럼 장인무는 오랜 경험 속에 깃들인 기억 작용을 통해 존재에 대한 상상적 경험을 수행하는 시인이다. 빛나는 순간을 통해 존재의 본질과 조우하려는 상상적 모험이 그녀의 시를 가득 채우고 있기 때문이다. 따라서 우리는 그녀의 목소리를 통해 주체와 세계가 일종의 연속성 속에 놓인다는 점을 알게 되고, 비로소 시인의 시선을 관류하는 근원적 정서를 만나게 된다. 그렇게 흘러가는 시간 속에서 성찰적 가치를 발견해 가는 시인의 시선과 필치는 근원 지향성을 향해 하염없이 지속되어 간다. 그리고 그녀는 주체와 세계가 분리된 경험으로부터 그것의 통합적 국면을 끊임없이 꾀해 가면서 존재 확인과 궁극적 가치 지향을 동시에 완성해 간다. 이제 그 아득한 시간 속으로 천천히 들어가 보도록 하자.

2. 사라져 간 대상을 향한 아득한 그리움과 사랑의 시학

장인무 시인은 내면에 남아 있는 오랜 기억을 소환하면서 시간의 흐름을 따라 자신을 규율해 온 근원적 존재자들을 상상해 간다. 사물의 생태와 속성에 이르는 다양한 경험을 기억의 울타리에 담음으로써 이러한 서정의 원리를 한껏 충족해 간다. 시인은 매우 근원적인 삶의 이법理法에 대해 자신만의 목소리를 건네면서, 시종 내밀하게 견지해 온 스스로의 경험과 기억을 풀어놓는 것이다. 이러한 과정을 통해 우리는 시인의 상상력에 의해 재구성된 작품 내적 목소리를 듣게 되고, 그녀의 기억이 창의적 언어에 의해 재구성된 일종의 예술적 흔적이라는 것을 알아 가게 된다. 그렇게 장인무 시인은 사라져 간 대상을 향한 매혹적이고도 아득한 그리움과 사랑의 마음을 펼쳐 가고 있는 것이다. 먼저 다음 시편을 읽어 보자.

긴긴 밤 홀로이
잔가지 흔들어 피운 하얀 그리움

여문 꽃술에 취한 듯 지새우는
오로지 하나의 사랑 눈물 되어 피었네

사운거리는 아스라한 바람꽃

어디쯤에서 너를 만날 수 있을까
어디쯤에서 하얀 꽃잎 접을까!

흰 구름 둥실 떠갈 때
들녘에 춤추는 저 영혼 어디로 갈까!

사르르 녹아 버린 못다 한 사랑
그대 앞에 스러진 저 가슴앓이

—「구절초」 전문

이 작품에 들어 있는 속 깊은 언어는 장인무를 사랑의 사제로 만들어 주기에 족하다. 시적 대상으로 채택된 '구절초'는 "긴긴 밤 홀로이/ 잔가지 흔들어 피운 하얀 그리움"의 형상으로 묘사되고 있다. 이때 그리움이란, 말할 것도 없이, 시인 스스로의 것이 구절초 안으로 아름답게 투사投射된 것일 터이다. "여문 꽃술"에 어리는 "하나의 사랑"이 눈물 되어 피어난 모습은 그 자체로 시인의 마음을 보여 주는 비유체일 것이기 때문이다. 그 아스라한 바람꽃을 바라보면서 시인은 "못다 한 사랑"을 떠올린다. 그와 동시에 "그대 앞에 스러진 저 가슴앓이"를 다시 한번 시의 표면으로 끌어들인다. 결국 이 시편은 '구절초'의 생태와 형상을 빌려 지금은 떠나간 '너'에 대한 그리움을 표현하고, 나아가 그것을 감내해 온 '가슴앓이'의 시간을 아득하게 노래한 것이다. 시간 뒤편으로 "숨어 버린 또 하나의 나"(『그림자 술래』)를 함의하는 2인칭을 향해 "몸이 가는 데로 따라가는"(『연꽃 극치』) 지극한 사랑의 마음을 암시해 준 것이다.

> 빛을 잃은 달밤에
> 하늘을 휘어지게 잡고
> 활활 붉어질 수 있는
> 어둠 속에 홀로 울렁이는
> 너만이 할 수 있는
>
> 땅을 걷어차고
> 숨이 멎을 때까지

밖으로
한 줄기 수액 물고 나서는
벅찬 절규!

끝과 끝에서
바람이 닿는 곳에 고요를 품고
햇살이 머무는 곳에 향기를 뿜어내는
하얗게 부서지는 찬란한 비애悲哀
스며드는 것은 고독뿐인
그래서 절대
놓을 수 없는 간절한 소생甦生

이 얼마나 두렵고 외로운 곡예인가!
—「이파리 없이 피는 꽃」 전문

이 작품의 열도熱度 또한 강렬하기 이를 데 없다. 이파리 없이 피어나는 꽃은 빛을 잃은 달밤의 어둠 속에서 "활활 붉어질 수 있는" 순간을 홀로 보여 준다. 그렇게 "너만이 할 수 있는" 사랑이야말로 가장 깊은 곳에 감추어 둔 기억의 잔상殘像을 지금−이곳으로 불러내는 호환할 수 없는 방식이 되어 준다. 땅을 걷어차고 한 줄기 수액을 물고 밖으로 나서는 그 벅찬 절규는 때로 고요를 품고 때로 향기를 품는 찬란한 비애와 닮아 있지 않은가. 그러한 소생의 갈망이 바로 이 시편의 저류底流에 흐르는 사랑의 에너지일 것이

다. 마지막으로 시인은 "이 얼마나 두렵고 외로운 곡예인
가!"라고 고백함으로써 그러한 소망의 불가능성과 불가피
성을 동시에 건네고 있다. 이 모든 것이 "언제 터질지 모르
는 폭탄 같은 사랑"(「일몰」)을 그리던 시인으로 하여금 "나만
의 마침표를 찍어 보고 싶은"(「다락방의 고요」) 의지로 나아가
게끔 해 준 것이다.

이처럼 장인무 시인은 풀이나 꽃 같은 자연 사물을 통한
사랑의 존재론을 지속적으로 노래해 간다. 시인의 언어는
사물의 독자적인 외관과 생태를 통해 사랑의 본질을 암시
한다. 물론 모든 언어는 본질로 직핍直逼하지 못하고 사물
의 주위를 맴돌게 마련이다. 그 영속적 미끄러짐이야말로
언어가 가지는 숙명이기 때문이다. 하지만 장인무 시의 언
어는 대상의 외연적 의미를 '적시摘示'하지 않고 내포적 의
미를 '암시暗示'함으로써 사물의 본질에 한결 가까이 접근
하고 있다. 자연 사물에 대한 개성적 묘사를 통해 은은하
고도 역동적인 사랑의 미학을 암시하고 있기 때문이다. 그
점에서 이번 시집은 가득히 밀려오는 그리움의 충동을 심
미적으로 그려 낸 화폭이기도 하지만, 대상을 향한 각별한
사랑의 마음을 담은 진중한 실존적 고백록이기도 하다. 그
녀는 시집 전체를 관철하는 힘이자 존재 방식으로서 '사랑'
을 상정하고 그것을 일관되게 완성해 낸 것이다. 그만큼 시
인은 지나온 시간에 대한 기억의 현상학에 의해 사랑의 마
음을 구현하면서 그것을 자신의 유일한 존재 증명의 순간
으로 환치하는 기억술記憶術을 보여 준 것이다. 이는 현실

의 시간에서 벗어나 시적 시간으로 귀일하려는 남다른 의지가 반영된 결과이기도 한데, 궁극적으로 시인은 오랜 시간 속에 깃들인 기억들을 순간적으로 재현하면서 그 속에서 사라져 간 대상을 향한 아득한 그리움과 사랑의 시학을 노래한 것이다.

3. 신성한 힘을 통해 가닿는 삶의 신비와 경이

다음으로 장인무 시의 또 하나의 축은 사물의 심층으로 내려가 그곳에서 내면의 파동을 조감鳥瞰하고 발견하고 담아내는 데 있다. 사실 지상의 사물들은 이성이 서열화하는 합리성의 잣대에서 완벽하게 자유로울 수 없다. 그러나 그 합리성의 영역 바깥으로 나가려는 원심적 충동이 예술을 탄생시키는 것도 부인할 수 없는 사실일 것이다. 그 점에서 장인무는 존재 자체와 온전히 만나기 위해 사물의 심층으로 내려가려는 예술적 감각과 사유의 가능성을 넓혀 가는 시인이다. 이러한 상상력은 결핍과 불모의 시간을 넘어 사물 깊은 곳에서 출렁이는 감각의 물질성을 잡아내고 그것을 사물의 존재 형식으로 끌어올리는 데 크게 기여하게 된다. 장인무 시인은 사물의 심층으로 깃들려는 귀환 운동을 매개하고 충족하고 완성해 감으로써 이토록 산뜻하고 아름다운 비유체를 생성해 내고 있는 것이다.

제멋대로 자란

한 무리 풀숲에

한쪽으로 기운 촉 하나

이리 밀리고 저리 치이다가

간신히 제 몸 챙기어

햇살을 붙잡고 활짝 웃는 나리꽃

바둥대지 않아도 오로지

뿌리의 힘으로

순수함으로

기다림만으로

자분자분 사위어 가는 것

너에게 별것 아닌 것이

나에게는 별것으로 닿은 것

—「화답」 전문

　'화답和答'이란 어떤 제안이나 물음에 호의적 반응을 담은
언어나 몸짓을 말한다. 시인이 받아들인 화답은 언어가 아
니라 자연 사물의 형식이다. 풀숲 한쪽으로 기울어 있는 '나
리꽃'은 이리 밀리고 저리 치이다가 간신히 햇살을 붙잡고
서 있다. 하지만 그 가녀린 존재자는 오히려 활짝 웃으며
"뿌리의 힘"으로 서 있다. 그리고 순수한 기다림으로 사위
어가면서도 시인에게 "별것"을 담은 화답으로 찾아온 것이
다. 그렇게 나리꽃이 보여준 "뿌리의 힘"은 "무언無言의 시

선만으로/ 천 년을 꿈꾸며"(『소나무 숲에서』) 살아왔고 "가장 작은 몸으로/ 가장 끝에서/ 가장 큰 힘을 지탱하며/ 온몸의 중심을 잡아 준"(『새끼발가락』) 존재자들의 힘이 아니었을 것인가. 시인은 가장 약해 보이는 자연 사물을 가능하게 해 준 "뿌리의 힘"이 그러한 화답을 가능하게 해 주었다고 노래한 것이다. 다음은 어떠한가.

> 해변을 돌아
> 노란 신호등이 있는 어린이 터를 지나
> 푸른 나무 깃발이 나풀거리는 초등학교를 지나
> 휠체어가 있는 골목길 마을 노인정을 지나
> 코스모스 하늘거리는 한길을 지나
>
> 사람이 사람을 버리며 살아가는 슬픈 세상
>
> 여기
> 같은 곳에 앉아
> 같은 곳을 바라보는 순례자가 있다
> 여기
> 두 손 모아 참회하는 사람들이 있다
> 여기
> 십자가에 기도하는 목회자가 있다
> 조용히 미소 짓는 작은 천사들이 있다

네 안에 평화와 사랑이 가득하여라!

　　　　　　　　　　　—「땅끝 성당에서」 전문

　이번에는 '땅끝 성당'에서 번져 나오는 신성한 힘이다. 시인은 해변을 돌아 어린이 터와 초등학교와 마을 노인정을 지나 "사람이 사람을 버리며 살아가는 슬픈 세상"의 역상逆像을 힘차게 그려 본다. 같은 곳에 앉아 같은 곳을 바라보는 순례자, 두 손 모아 참회하는 사람들, 십자가에 기도하는 목회자, 조용히 미소 짓는 작은 천사들의 존재는 이곳을 더없이 훈훈하고 아름다운 성소聖所로 만들어 준다. 땅끝 성당에서 보내는 이러한 시인의 언어는 "네 안에 평화와 사랑이 가득하여라!"라는 축복의 메시지를 담은 것일 터이다. 그렇게 장인무 시인은 "목청 높여 노래 부르며 달려 보고 싶은"(「77번 해변 도로」) 길을 지나 "순한 짐승이 되어 시퍼런 파도를 넘어"(「너에게 가기까지」)가는 신성한 존재자들의 아름다움을 우리에게 건네고 있다.

　이처럼 시인은 우리가 살아가는 동력이 '뿌리의 힘'이나 '평화와 사랑' 같은 근원적 기운에서 나오는 것임을 정성스럽게 노래한다. 그녀는 이번 시집에서 현실에서는 불가능한 존재 전환을 이렇게 꾀하면서 남루한 일상을 벗어나 전혀 다른 생성적 거소居所로 마음과 영혼을 옮겨 간다. 이때 이루어지는 존재 전환은 일상의 삶에서 떨어져 있는 곳까지 나아갔다가 다시 어김없이 스스로에게로 귀환해 들어오는 과정을 선명하게 보여 준다. 그만큼 시인은 서정시의 회귀

적 속성을 남김없이 충족하면서 고조곤하고 친밀한 근원 지향의 목소리를 발화해 간다. 그 안에는 성찰과 발견의 감각이 담겨 있고 세계내적 존재로서 펼쳐 가는 다양한 순간이 출렁이고 있다. 결국 장인무 시인은 신성한 힘을 통해 가닿는 삶의 신비와 경이를 투명하고 친화력 있는 언어로 우리에게 건네고 있는 것이다.

4. 시인으로서의 기원과 궁극적 위의威儀

그런가 하면 장인무의 시는 기억의 원리가 언어적 굴곡과 변형을 입은 채 우리에게 위안과 성찰의 에너지를 부여하고 있음을 알게 해 주는 세계로 다가온다. 이처럼 기억이라는 서정시의 중요하고도 원초적인 욕망은, 한편으로는 자신의 안으로 몰입하려는 지향으로 나타나고 한편으로는 다양한 타자와 사물을 향해 확장해 가려는 외연적 힘으로 번져 가기도 한다. 시인은 자신의 삶에 만만찮은 무게로 주어졌던 흔적들에 대한 강렬한 기억을 토로하면서 상처의 흔적을 치유하려는 욕망을 아름답게 드러내고 있다. 사물이 내지르는 고요의 소리를 채집하면서 그녀는 스스로를 '시인'으로 완성해 가려는 존재론을 아름답게 보여 준다. 삶의 궁극적 위의威儀를 이루기 위해 기억 속 장면들을 섬세하게 꺼내 보여 주고 들려준다. 그 장면들은 어느새 내면으로 번져가 삶의 이면을 넉넉하게 쓰다듬고 받아들이는 시인만의 품과 격으로 이어져 간다.

나는 가끔
노트를 펴고 펜을 들면
왜? 하고 질문을 한다
그 사이를 구름이 되어 떠다닌다

구어와 시어 사이
문장과 감성 사이
행간을 넘는 사이

별이
햇살 속으로 숨어들 때까지
물 한 모금 넘기지 않는
밤의 늪에서 팽팽한 긴장이 이어진다

적막을
고독을
흥건히 충혈된 눈 속에 펼쳐 놓으면
백지를 채운 문장은 파장되어 혈관을 타고 흐른다
그러고는
몸이 울기를 기다린다
시詩가 되기까지

—「시작詩作」 전문

'시작'의 주체인 그녀는 자신이 "가끔/ 노트를 펴고 펜을 들면" 생겨나는 질문의 주인공임을 토로한다. 그녀가 자발적으로 처하는 권역은 "구어와 시어 사이/ 문장과 감성 사이/ 행간을 넘는 사이"인데, 이 모든 '사이'야말로 명료한 답변을 항구적으로 유예하는 연속적 질문의 필연성을 연상시킨다. 밤의 늪에 팽팽한 긴장이 이어지고 거기서 적막과 고독을 눈 속에 펼쳐 놓은 채 시인은 그 질문을 더욱 구체화해 간다. 그때 비로소 "백지를 채운 문장"이 파장으로 흐르고 '시'는 몸이 울기를 기다리면서 스스로를 완성해 간다. 이 작품은 자연스럽게 시인 스스로의 창작론이 되어 주기도 하지만, 시 자체에 대한 메타적 탐구를 담은 장인무 버전의 시론이기도 하다. "강물은/ 스스로를 버려야 바다로 갈 수 있듯"(『버리거나 비우거나』) 시인의 존재론 역시 "보듬고 다독이며 거둔/ 알알이 맺은 언어 알맹이"(『추수』)에 이르기까지 질문하고 버리고 채워 가는 흐름을 이어 가는 것임을 알려 준다. 그리고 그러한 시인으로서의 존재론은 장인무의 시적 기원이었을 '스승'을 통해 완결성을 얻게 된다.

지난해 여름 몇 날 며칠 하늘이 구멍이 난 듯 세찬 장맛비가 내렸다 흙탕물이 비단 강을 집어삼켰다 안방이 강물로 넘실거리고 차도와 인도에는 통통배를 띄웠다 급기야 전국은 여기저기 물바다로 변해 아우성 그 자체였고, 금강대교는 통제되었다 사람들은 모든 것을 포기하고 높은 곳을 찾아 피신하며 발만 동동 구를 뿐이었다 전쟁 같은 공

포의 도가니였다

그런 와중에

스승은 금강 가 오두막집 제자가 걱정되어 바지 자락 걷어 올리고 무릎까지 차오르는 위험한 길을 나섰다 그러나 차단된 길은 더 이상 나아갈 수가 없었다 다음 날 빗줄기가 조금 약해지자 자전거 페달을 밟아 빗속을 달려오셨다 자전거에서 당신 몸체만 한 수박을 내리시며 괜찮은가? ……목소리에 아직 쾌차하지 못한 병환의 흔적이 역력했다 그즈음 선생님은 지독한 피로감과 병환으로 몸을 제대로 가누지 못하셨다 자리에 앉지도 않고 자전거를 유턴하여 가시는 모습을 보며 한참을 형용할 수 없는 감정에 복받쳐 목석처럼 서 있었다 굳이 말하지 않아도 전달되는 꽉 찬 붉은 수박 속 단단한 씨앗, 스승의 사랑을 어찌 잊을 수 있겠는가!

자전거는 나태주 스승님의 트레이드마크이다 자전거 작은 짐 바구니에 풀꽃 시 가득 싣고 공주 시내 곳곳에 흩뿌리신다

나 좀

태 워

주세요

웃으시며 농담처럼 하시는 말씀이시다 평생을 자동차 없이 자전거와 함께 생활하시는 모습을 먼발치에서 자주 뵌다 그때마다 몰래 사진을 찍기도 한다

때로는 만나면 안녕! 미소로 답하시며 아이스크림도 사
주시는 미소년 같은 분, 더불어 용기와 희망 챙겨 주시는
분, 오늘도 자전거 바퀴가 지나갈 때마다 詩앗 하나씩 떨어
져 詩 꽃을 피우는 나태주풀꽃문학관 그 아래 그 동네에는
햇살도 댕글댕글 구른다

— 「자전거와 수박」 전문

    나태주 시인과의 오랜 교융을 통해 그녀는 자신의 시인으
로서의 위치와 방향을 잡았노라고 고백하고 있다. 아닌 게
아니라 「시인의 말」에서 시인은 "詩터/ 풀꽃문학관 대숲 아
래서/ 나태주 스승님께" 시간을 받았노라고 고백하는데, 그
것은 "나를 뒤척일 때마다 은거한 깊은 책 숲 다락방/ 머리
숙여 쪼그리고 앉아 다독인 시간"이었을 것이다. 위의 시편
에서도 시인은 그분으로 인해 비롯되었을 어떤 순간을 기록
하고 있다. 그것은 '자전거와 수박'이라는 구체적 사물을 통
해 표현되고 있다. 지난해 여름 세찬 장맛비에 전국이 물바
다로 변했는데, 사람들은 높은 곳을 찾아 피신하는 전쟁 같
은 공포를 겪었다. 그때 스승은 금강 가에 사는 제자가 걱
정되어 자전거 페달을 밟고 달려오셨다. 자전거에서 수박
을 내리시며 "괜찮은가? ……"라고 물으실 뿐이었다. 병환
중에도 "꽉 찬 붉은 수박 속 단단한 씨앗" 같은 스승의 사랑
을 건네준 그분을 어찌 잊을 것인가. 이제 '자전거'는 나태
주 스승의 트레이드마크가 되었는데, 평생 자동차 없이 자
전거와 함께 생활하시는 모습이 "용기와 희망 챙겨 주시는

분"의 이미지로 선명하게 다가오고 있다. '시인 장인무'는 그러한 용기와 희망이 현재화된 "詩앗 하나씩 떨어져 詩 꽃을 피우는 나태주풀꽃문학관"에서 살아간다. 햇살도 덩달아 그곳에서 댕글댕글 구르고 있지 않은가. 그 풍경 안에는 "멀어지는 석양에 붉어지던 청청한 댓잎"(『대숲의 연가』) 같은 스승의 마음과 "아무리 지우려 해도/지워지지 않는"(『지우다가 다시 쓴 말』) 시간이 함께 녹아 있을 것이다.

결국 이번 시집은 '시'에 대한 사유를 심미적 표상으로 담아낸 빼어난 미학적 사례일 것이다. 더불어 그녀는 사유의 깊이를 보여 주는 낱낱 사물과 그 존재 방식을 향하면서 그러한 시선이 어디로부터 연원했는가를 넉넉하게 보여 준다. 여러 차원의 감각과 사유를 통해 감각으로는 지각 불가능한 실재들을 받아들이면서, 나태주 시인과의 한없는 교융을 통해, 시인은 더욱 다양한 언어로써 자신만의 시 세계를 부조浮彫해 간 것이다. 그렇게 이번 시집은 지나온 시간을 회억回憶하고 '시'라는 예술을 신뢰하면서 기억과 예술이 만나는 순간이야말로 가장 오랜 시인으로서의 기원과 궁극적 위의를 함축하고 있다는 것을 증언해 간 고백록인 셈이다.

5. 폐허의 시대를 견디게끔 해 주는 언어의 사제

지금까지 천천히 읽어 왔듯이, 우리는 장인무의 시를 통해 서정시가 주는 위안과 치유의 빛을 충분하고도 충실하게 쬘 수 있었다. 그만큼 그녀의 시집은 세상살이의 고단함과 가파름을 겪어 낸 원숙한 주체가 삶의 근원적 이치와 지혜를 설파해 가는 마음의 지도地圖이기도 하고, 스스로의 삶을 내밀하게 토로해 가는 마음의 기록이기도 하다. 장인무 시인은 인생의 숱한 순간을 따라 자신의 마음을 새롭게 발견하고 다시 그 마음의 힘으로 사물을 새롭게 바라보는 과정을 역동적으로 이어 가고 있다. 그 과정은 세상을 더 넓고 깊게 받아들이려는 의지에 의해 뒷받침되어 있고, 시인 스스로 삶의 보람을 간직하려는 의지에 의해 절묘한 균형을 이루어 간다. 말하자면 장인무 시인은 자신이 중요하게 품어 왔던 가치들을 작품 안쪽으로 적극 끌어들이면서 그것에 충실하게 다가서려 했던 지난날을 성찰적으로 결속해 내고 있다. 그래서 자기 확인 의지를 진솔하게 드러내면서도, 꿈인 듯 사랑인 듯 피어난 순결한 영혼으로서 가질 법한 신비로운 감각을 견고하게 지켜 낼 수 있었을 것이다.

앞에서도 강조했듯이 서정시는 시인이 새롭게 구축한 시간을 통해 스스로에게 귀환하려는 지향을 가진 유일한 언어예술이다. 그래서 비록 시간의 초월성을 지향한다 하더라도 그것은 지나온 시간에 대한 또 다른 가치 판단을 담고 있을 때가 많다. 장인무는 이 폐허의 시대를 건너 이러한 귀환과 초월의 순간을 누구보다도 아름답게 그려 간다. 우리는 그녀의 시를 읽음으로써 세상을 역설적으로 견뎌 가게 되는 것이다. 그 점에서 그녀에게 '시인'이란 오랜 시간의 기억을 순간 속에 재구성함으로써 이 폐허의 시대를 견디게끔 해 주는 언어의 사제라고 할 수 있을 것이다. 그 사제가 건네준 사랑의 마음이 아직도 애잔하고 융융하고 아름답게 다가온다.

이렇게 장인무 시인은 견딤과 위안을 주는 치유와 긍정의 기록을 이번 시집에 실어 우리에게 보여 주었다. 언젠가 스승이 건네주신 "꽉 찬 붉은 수박 속 단단한 씨앗"(「자전거와 수박」)이 그녀의 시집을 한껏 관통하고 있는 것이다. 결국 그녀는 현재의 지층 속에 화석같이 숨 쉬고 있는 기억들을 재현하면서 동시에 그때 한순간을 현재형으로 생생하게 구성해 내는 예술적 역량을 첨예하게 보여 주었다. 이러한 원리를 가능케 해 준 것이 그의 오랜 기억에서 샘솟는 '사랑'의 언어였음을 우리는 지금까지 읽어 온 것이다. 이러한 독자적 세계를 구성해 낸 네 번째 시집의 상재를 다시 한번 축하하면서, 앞으로 이러한 미학적 지경地境이 더욱 넓고 깊게 확장되고 심화되어 지속적 진경進境으로 이어져 가기를 마음 깊이 희원해 본다.